# Winx Club™

## L'université des fées

Novélisation : Sophie Marvaud.
Conception graphique du roman : François Hacker.

Hachette Livre, 58, rue Jean-Bleuzen, 92178 Vanves Cedex.

Winx Club™

# L'université des fées

hachette
JEUNESSE

## Bloom

C'est
moi, Bloom,
qui te raconte les
aventures des Winx. Je
croyais n'être qu'une terrienne ordinaire,
appréciée pour mon bon cœur, mon courage
et mon charme. En fait, je découvre peu à
peu mes pouvoirs magiques ainsi que ma
véritable identité. Je suis une fée, et pas
n'importe laquelle… Je poursuis mes études
à Alféa, l'université des fées. C'est là aussi
que j'ai rencontré mes nouvelles amies.
Je les adore : elles sont charmantes,
joyeuses, sûres d'elles, et pleines
d'une énergie... féerique !

## Stella

Fée de la lune et du
soleil, elle prend quelques
libertés avec la vérité, mais
elle est tellement vive et drôle !
Son sceptre magique attise
bien des convoitises.

## Flora

Douce et généreuse, fée de la nature, elle sait parler aux plantes. Ce qui nous sort de nombreux mauvais pas…

## Tecna

Sous son apparence directe et un peu punk, elle cache une grande débrouillardise. Normal, elle est la fée des sciences et des inventions.

## Musa

Fée de la musique, elle connaît tous les styles et tous les instruments. Elle utilise parfois la musique d'une manière inattendue : comme arme, par exemple.

Au royaume de Magix, un lieu hors
du temps et de l'espace,
la magie est quelque chose
de normal. En plus d'Alféa,
deux écoles s'y trouvent :
la Fontaine Rouge et la Tour Nuage.
Les Spécialistes fréquentent l'école
de la Fontaine Rouge.
Ah ! les garçons... Nous craquons
pour eux parce qu'ils sont
charmants, généreux, dynamiques...
Mais ils se disputent tout le temps.
Dur pour eux de former une équipe
aussi solidaire que la nôtre.

**Riven** manie l'épée avec entrain. Dommage qu'il ne soit pas vraiment bon joueur.

**Prince Sky** passe parfois pour un charmeur trop sûr de lui. Pourtant, on peut vraiment compter sur lui.

**Timmy** est le plus malin et le plus rapide du groupe.

**Brandon** a un cœur d'or. Dans les bagarres, son bouclier hyper puissant est très utile.

Ne croyez pas que Magix soit un univers de tout repos. Nous, les Winx et les Spécialistes, sommes souvent confrontés à nos ennemis : les monstres et les sorcières.

**Knut** est un ogre terrifiant. Heureusement qu'il est stupide !

**Les crochus** sont des sortes de fourmis rouges géantes avec des têtes de diables. Ils obéissent à Knut.

**Troll** n'est pas très malin non plus. Mais il se sert de son flair pour no retrouver dans Magix ou sur Terre.

Les monstres sont au service des sorcières de la Tour Nuage, la troisième des écoles de Magix. Les sorcières forment un groupe uni. On les appelle aussi les Trix.

Icy a pour armes préférées
les cristaux de glace,
le blizzard, les icebergs.

Stormy sait déclencher
tornades et tempêtes.

Darcy utilise des sortilèges
mentaux : elle crée des
illusions de toutes sortes
qui peuvent rendre fou.

## Résumé des épisodes précédents

Moi, Bloom, jeune terrienne de seize ans, fille unique de parents tout à fait normaux, je commence une nouvelle scolarité à l'université des fées d'Alféa ! Puisque la barrière de protection de Magix m'a laissée entrer, je suis forcément une créature magique. Et, selon la directrice, je suis digne d'étudier à Alféa. Pourvu qu'elle ne se trompe pas !

La première chose que j'ai apprise en arrivant à l'université, c'est que Stella est une élève peu disciplinée. Mais aussi une amie fidèle, qui a volé à mon secours quand de jeunes sorcières ont déchaîné sur moi leurs pouvoirs malfaisants. Elle a réussi à me sortir de leurs griffes, grâce à l'aide de Flora, Tecna et Musa, étudiantes à Alféa comme nous… Unies par nos aventures, mes nouvelles amies et moi avons créé un groupe : les Winx.

Maintenant, il ne me reste plus qu'à apprendre à maîtriser mes pouvoirs féeriques !

Chapitre 1

# Premier cours de magie

Pour ce premier cours de l'année scolaire, le programme est vraiment alléchant : nous allons apprendre la métamorphose, c'est-à-dire l'art de changer d'apparence !

Voici notre professeur, un drôle

de bonhomme, pas plus haut que son bureau. Avec autant de souplesse que Kiko, mon lapin apprivoisé, Mr. Wizgyz saute partout. Y compris sur les tables des élèves !

Si j'étais lui, je profiterais de mes pouvoirs pour prendre une apparence plus séduisante. Il est tellement comique avec son costume vert de lutin qui semble cacher des jambes à ressorts, sa bouille joviale cernée de rouflaquettes rousses, ses oreilles pointues d'elfe, et son air malicieux.

En tout cas, Mr. Wizgyz a beau-

coup d'humour. La preuve : pour introduire notre premier apprentissage, il tire sur sa joue gauche et se transforme instantanément en... une casse-pieds que nous reconnaissons toutes ! Une robe austère, des lunettes rectangulaires, une coiffure stricte et une moue très désagréable : Griselda, bien sûr !

Énorme succès dans la classe. Cela nous fait du bien de rire de la surveillante d'Alféa, qui n'inspire de sympathie à personne !

Sous nos applaudissements, le professeur Wizgyz salue et nous promet que nous serons capables de réaliser des transformations encore plus difficiles d'ici la fin de l'année. Vraiment ? Simple question d'entraînement, d'après lui...

Notre premier exercice est

censé ne poser aucune difficulté : nous devons modifier la couleur de nos cheveux... Un miroir apparaît devant chacune de nous. Ma voisine, brune, devient blonde, tandis que je me concentre... me concentre... me concentre... mais que ma chevelure reste obstinément rousse !

Hélas, cet exercice semble au-dessus de mes capacités... Le professeur saute sur ma table et m'encourage à recommencer. Il est bien gentil mais... si je n'y arrivais... jamais ?

Le soir, dans la chambre que je partage avec Flora, je continue à m'exercer, sous l'œil de Stella. Elle a promis de m'aider mais elle n'a aucune patience :

— Les cours viennent de débuter, Bloom. Si tu n'y arrives pas aujourd'hui, ce n'est pas la fin du monde !

— Bien sûr, mais ma devise, c'est : *Ne remets pas au lendemain ce que tu peux faire aujourd'hui.*

Stella hausse les épaules :

— Chez moi, on préfère profiter de la vie !

Je ne l'écoute pas... De toutes mes forces, je tente d'imaginer une couleur blonde qui viendrait submerger ma chevelure rousse, depuis les racines jusqu'aux pointes. Soudain, ma frange se hérisse, en une horrible rangée d'énormes épis.

Quelle horreur ! Le rire de Stella se déchaîne et moi, je me sens encore plus nulle. Oh ! Cette journée est la plus horrible de toute mon existence...

— En tout cas, dit gentiment Flora, il s'est produit quelque chose. Allez, Stella, cesse de rire !

Je suis tellement ridicule avec ma frange qui rebique que j'ai envie de rire moi aussi ! Pourtant je me sens paniquée à l'idée de me trouver par erreur à l'université des fées. D'après la surveil-

lante Griselda, les fées ont disparu sur Terre depuis tellement longtemps qu'il est peu probable que j'en sois vraiment une... J'ai parfois quelques pouvoirs magiques qui se manifestent, mais seulement en cas de grosse frayeur...

Est-ce que mes amies ont connu les mêmes doutes que moi ?

— Eh, les filles, dis-je, pourquoi avez-vous choisi d'étudier à Alféa ?

Stella virevolte à travers la pièce :

— Je rêve d'être une vraie fée, formidable, éblouissante, pleine de pouvoirs, admirée dans le monde entier...

Elle réfléchit.

— Bien sûr, je ferai également

des bonnes actions. Je rendrai les gens heureux... Je rapprocherai ceux qui s'aimaient et qui se sont quittés...

Soudain plus sombre, elle s'assoit sur un lit.

— En commençant par mes parents.

Je la regarde avec surprise : Stella n'est donc pas aussi désinvolte qu'elle en a l'air. Flora, elle, assure qu'elle est à Alféa parce qu'elle adore apprendre. Moi aussi, bien sûr, et surtout la magie ! Mais qu'est-ce que je vais devenir si je ne réussis pas à progresser ? Pour l'instant, mes rares pouvoirs magiques ne m'obéissent pas du tout !

## Chapitre 2

# Ce soir, grand gala !

Le lendemain matin, Flora et moi arrivons les dernières au petit-déjeuner. C'est de ma faute : je me suis réveillée en retard... Nous nous glissons discrètement dans la grande salle, heureusement juste à temps pour le discours de Mme Faragonda, notre adorable directrice.

Elle nous annonce qu'un gala aura lieu ce soir, ici même, pour fêter la nouvelle année scolaire ! Les élèves de la Fontaine Rouge ont été conviés pour une cérémonie d'échange de cadeaux de bienvenue entre les étudiants des deux écoles.

Une fête ? Yahou !... Et les garçons sont invités ?... Je sens mon moral remonter en flèche.

Avec un grand sourire, la directrice ajoute que nous n'aurons pas cours aujourd'hui.

Elle fait appel à tous les esprits créatifs pour transformer cette grande pièce aux murs nus en une fabuleuse salle de bal !

Tecna rouspète un peu : elle regrette que les cours soient interrompus dès le deuxième

jour. Flora a tout de suite des idées de décorations florales et Musa propose de s'occuper de la musique. Quant à Stella, elle rêve déjà à la tenue mirobolante qui lui garantira de ne pas passer inaperçue. De mon côté, j'aimerais bien participer à la décoration de la salle, mais je crains d'avoir plus urgent à faire...

De retour dans nos chambres, chacune sort ses plus beaux atours.

— Qu'est-ce que vous en dites ? interroge Stella, en nous présentant une robe longue, élégante et raffinée, aussi dorée que ses cheveux.

— Magnifique, dis-je.

Stella minaude, d'une manière très amusante et théâtrale :

— Elle n'était pas donnée, j'en conviens. Mais elle était en vitrine et elle m'appelait...

Elle joint les mains en une prière de comédie :

— « Stella, disait la robe, achète-moi, je t'en supplie. »

— Et bien sûr, tu l'as sauvée ! Tu as un cœur généreux, conclut Musa avec un sourire.

Nous éclatons de rire. Mais une fois que mes amies m'ont bien étourdie avec leurs robes de fêtes plus éblouissantes les unes que les autres, je leur demande timidement, en montrant mon jean de tous les jours :

— Vous pensez qu'on me laissera entrer dans cette tenue ?

Elles sont unanimes : pour le gala, il faut une robe ! Je n'en ai pas, mais avec un peu de shopping, le problème devrait s'arranger. Et elles sont toutes volontaires pour m'accompagner dans le centre-ville de Magix !

La première robe est trop jaune à leurs yeux... La seconde trop chère pour mon porte-monnaie... Et il n'est pas question que Stella me l'offre : j'ai ma fierté !

Hélas !... L'après-midi se passe dans les magasins, sans résultat. Mes amies doivent retourner à l'université, mais je décide de rester encore un peu, histoire de tenter ma chance dans les boutiques de soldes. Et là, miracle ! Bien cachée au bout d'un présentoir, je déniche une robe toute simple, de la couleur de mes yeux. Elle est un peu trop longue, mais aucune importance : une paire de ciseaux et elle sera parfaite !

## Chapitre 3

# Ce que Bloom ne sait pas

Le matin de ce même jour, une assemblée beaucoup moins sympathique s'est tenue dans un autre château, tout tarabiscoté, entouré de ronces géantes et dressé au sommet d'un à-pic rocheux. Au-dessus de ce palais tortueux, le temps tourne invariablement à l'orage. C'est l'école de la Tour Nuage, l'une des deux autres universités de Magix, celle qui est réservée aux sorcières.

Ici, la directrice aime le pouvoir et les honneurs, cela se voit. Vêtue d'une robe à l'élégance austère, maquillée comme la belle-mère de Blanche-Neige, elle s'avance dans une loge hérissée de piques, au-dessus d'un immense amphithéâtre où sont rassemblées ses élèves. Icy, Stormy et Darcy sont les plus

froides et les plus malfaisantes des jeunes sorcières présentes.

— Je vous ai convoquées pour vous informer d'une bien triste nouvelle, ricane Mme Griffin. Les fées donnent une grande fête, ce soir à Alféa, et une fois de plus, nous ne sommes pas invitées...

— Ouh !... Ouh !... crient les élèves avec colère.

Ravie de leur mauvaise humeur, la directrice tape du poing sur son bureau :

— Elles nous snobent ? Eh bien, elles le paieront ! Mes chères petites sorcières, voilà l'occasion de tester vos talents. Je vous demande de faire preuve d'imagination pour gâcher cette soirée... Soumettez-moi vos propositions, je choisirai la plus épouvantable. Ah, ah, ah !...

Dans les fauteuils du fond de la salle, Darcy cherche déjà une idée, bien que Stormy doute de l'intérêt de l'opération. Mais Icy rappelle à ses sœurs l'existence de souterrains qui relient entre elles les trois écoles de Magix : la

Fontaine Rouge, la Tour Nuage et Alféa. Ils étaient utilisés en cas d'urgence en des temps anciens et troublés. Les trois sorcières pourraient se procurer un plan et se rendre secrètement à l'université des fées pour saboter la fête.

Rire du malheur des autres, voilà la distraction préférée des sorcières...

Quelques heures plus tard, Icy, Stormy et Darcy sont convoquées par la directrice dans son grand bureau violet, noir et verdâtre. Celle-ci est enthousiasmée :

— Votre proposition est dégoûtante ! Votre projet est affreux ! Terrible ! Odieux !... Bref, c'est le meilleur !

Les trois sœurs l'écoutent avec satisfaction. Cependant, en terminant l'entretien, la directrice leur demande d'un air menaçant de ne pas la décevoir...

— Ayez confiance, Mme Griffin, assure Icy. Ce soir, vous vous endormirez bercée par les pleurs des fées...

## Chapitre 4

# Des sorcières à Alféa...

Quand je reviens à Alféa, enfin munie d'une jolie robe, la fête est sur le point de commencer. Vite ! des ciseaux ! Il me faut des ciseaux !

Mais où peut-il bien avoir des ciseaux dans cette chambre ? Je plonge dans les tiroirs, je fouille les armoires... en vain. Voyant ma panique, mon lapin bleu se jette sur la robe pour déchirer le tissu avec ses dents !

— Non, non, Kiko ! Je ne crois pas que cela marchera.

Pourtant, il m'a donné une idée : et si j'utilisais mes pouvoirs magiques ? Je me concentre et... pas possible ! ça marche ! Une étincelle brûlante jaillit de mon index comme un rayon laser. Je commence à découper le bas de la robe, quand des exclamations m'attirent à la fenêtre. Ah, super ! Voilà les garçons de la Fontaine Rouge ! Je reconnais tout de suite Brandon... Et là, Prince Sky... River et Timmy... Sur Terre, juste avant mon départ pour Magix, ils nous ont aidées, Stella et moi, à échapper

à Knut, l'ogre jaune au service des sorcières de la Tour Nuage...

Tiens, Prince Sky et Brandon portent un joli coffre vert et or qui semble bien lourd. Les cadeaux pour nous ? Mes amies m'ont expliqué que suivant la tradition, les garçons de la Fontaine Rouge et les fées d'Alféa échangent des présents de rentrée à l'occasion du grand gala.

Toute à ma joie de revoir les garçons, j'ai complètement oublié la ligne de feu qui marquait le tissu. Une odeur de brûlé me ramène à la réalité. Quel désastre ! Le bas de la robe s'enflamme !

Vite, j'étouffe les flammes naissantes avec un coussin tandis que Kiko saute carrément à pattes jointes sur le feu. Non, vraiment,

il n'y a rien à faire, il va falloir que je déniche des ciseaux.

Quitte à explorer l'université toute entière !

C'est incroyable ! Impossible de mettre la main sur une paire de ciseaux. À force d'ouvrir toutes les portes, j'aboutis à la réserve, creusée dans les fondations du château. En part un escalier mystérieux qui s'enfonce sous terre. Je perçois un bruit de voix et tends l'oreille.

— L'accès à Alféa se trouve droit devant, ricane quelqu'un au fond de l'escalier.

— Alors, on est tout près ?

— Oui. Et maintenant, que la fête commence !

Ces voix pleines de méchanceté... Mais oui ! Je les reconnais ! Il s'agit des trois sorcières qui m'ont attaquée dans le

centre-ville, le jour de mon arrivée à Magix. Comment pourrais-je les oublier ?

Je cours hors de la pièce, en échappant de justesse aux faisceaux de leurs lampes de poche. Du recoin où je me cache, je les regarde passer avec inquiétude. Comment s'appellent-elles déjà ?... Icy, Darcy et Stormy... Que manigancent-elles cette fois ? Pourquoi ne nous laissent-elles pas tranquilles ?

Préoccupée par ces questions, je ne peux m'empêcher de les suivre le long des couloirs de l'école. Je sais bien que je prends un risque : c'est de cette manière que j'ai été piégée la première fois. Mais d'un autre côté, impossible de les laisser préparer leurs méfaits sans tenter quelque chose !

Chapitre 5

# Visqueux, vicieux et venimeux...

Les sorcières s'arrêtent devant le coffre que les garçons de la Fontaine Rouge ont apporté avec eux. Icy se frotte les mains.

— Grâce aux cadeaux que ces garçons ont préparés, nous allons semer la panique dans l'école et récupérer la bague de Stella !

La bague de Stella, voilà ce qui attise la convoitise des sorcières. Je comprends leur fascination car ce bijou a des pouvoirs extraordinaires : il se transforme en sceptre magique, qui arrête les maléfices et transporte plusieurs personnes instantanément dans un autre lieu... C'était déjà la bague que l'ogre Knut avait tenté de dérober pour le compte des sorcières, lorsque j'ai rencontré Stella la première fois.

— Darcy, ajoute Icy, montre-nous où elle se trouve.

La sorcière aux cheveux verdâtres a une spécialité : les illusions mentales. Elle fait apparaître l'image de mon amie qui finit de se préparer, dans sa chambre, en compagnie de Flora.

Stella est en train de ranger sa bague dans un petit écrin en forme de coquillage, lui-même déposé dans une boîte à bijoux.

— Parfait, s'exclame Icy, avec une immense satisfaction.

Puis c'est au tour de Stormy d'utiliser ses pouvoirs : elle ouvre sans effort le coffre des garçons. Bien alignés à l'intérieur, les cadeaux ressemblent à de jolis œufs de Pâques.

Stormy en attrape un et soulève le couvercle. Une nuée de merveilleux papillons dorés s'en échappe. Ce sont de petits œufs

enchantés ! Quelle féerie ! Je suis éblouie.

Mais les trois sorcières entourent le coffre et dirigent contre lui l'ensemble de leurs pouvoirs maléfiques :

— Que ces cadeaux se transformént en œufs de serpents-rats !

— Qu'ils éclosent dès qu'une fée les touchera !

— Et qu'ils sèment la terreur partout !

Quel plan maléfique ! Je suis épouvantée. L'apparition soudaine d'animaux effrayants, au moment où tout le monde s'attendra à une surprise merveilleuse, va effectivement provoquer une énorme panique ! Il sera facile pour les sorcières d'en profiter pour récupérer la bague de Stella !

D'ailleurs, Icy, Stormy et Darcy semblent très contentes d'elles-mêmes.

— Allons nous cacher pour profiter du spectacle ! propose Icy.

Dans le mur, elles découpent une porte provisoire, ce qui leur permet de s'approcher de la salle de bal par le plus court chemin, à travers le parc de l'université.

Puisque le mur se reconstitue

derrière elles, je ne peux plus les suivre. Pourtant, il est urgent d'avertir mes amies afin d'empêcher le déroulement de ce plan !

Je cours dans les couloirs interminables. Et je parviens enfin dans la grande salle. Quel monde là-dedans ! Où sont les *Winx* ?

En me faufilant trop vite de droite à gauche, je me heurte à un dos carré, surmonté d'une chevelure blonde.

— Oh ! Pardon.

Le jeune homme se retourne et je reconnais le sourire doux de Brandon. Celui-ci semble enchanté de me revoir.

— Bloom ! Comment ça va ?

— Euh... Très bien, mais je suis un peu pressée...

— Tu pars déjà ?

Il paraît déçu. Tant pis. Enfin, tant mieux. De toute façon, je n'ai pas le temps de lui donner des explications.

Ah !... Enfin, j'aperçois mes amies, superbes dans leurs tenues de fête.

— On commençait à s'inquiéter, dit Tecna, moulée dans une robe futuriste.

Je les entraîne dans un coin tranquille pour leur raconter ce que les sorcières ont manigancé. Tecna consulte sa base de données magiques et, dans ses mains, apparaît l'image d'un monstre miniature.

— Serpent-rat... lit-elle. *Créature des marécages, prisée des mauvais génies... mange les crapauds...*

— On a compris ! L'interrompt Stella. Visqueux, vicieux et venimeux... comme les sorcières... Berk !...

— Nous devons veiller à ce que personne n'approche de ces œufs ! s'écrie Musa.

Elle a raison, bien sûr. Sauf qu'il est déjà trop tard ! Voici que deux des garçons de la Fontaine Rouge transportent le coffre au centre de la salle, pour l'ouvrir et distribuer les cadeaux.

Stella prend la direction des opérations :

— Vite, les Winx ! Formons un cercle. Répétez après moi : ce que tu étais, tu seras de nouveau. Ce que tu étais, tu seras de nouveau...

Stella, Flora, Musa, Tecna et moi, toutes ensemble, main dans la main et yeux fermés, nous répétons avec force :

— *Ce que tu étais, tu seras de nouveau... Ce que tu étais, tu seras de nouveau...*

Chapitre 6

# Pour la bague de Stella

Quand nous rouvrons les yeux, sans savoir si la formule magique a fonctionné, Prince Sky est en train de tendre vers Stella l'un des œufs-surprises.

— J'espère qu'il te portera

chance, dit-il avec un sourire charmant.

— Je le saurai très vite..., fait Stella.

Son ton tranchant et sa moue inquiète rendent le pauvre Sky perplexe.

Soudain, des cris de joie, des exclamations émerveillées nous rassurent. Notre sortilège a effacé celui des sorcières : ce sont bien des papillons dorés qui s'échappent des œufs, et non des serpents-rats !

Musa attrape l'œuf de Stella, l'examine, puis le passe à Flora d'un air plein de sous-entendus.

— Flora, je parie que tu penses la même chose que moi...

— Précisément... J'ai bien étudié les cours du professeur Palladium et...

Complètement dépassé par les évènements, le pauvre Sky

renonce à comprendre et s'éloigne.

— Je vais faire une surprise de taille à ces affreuses sorcières, précise Flora.

Je suis curieuse de savoir comment, mais elle ajoute à mon intention :

— Bloom, je t'expliquerai tout à l'heure. Dépêche-toi d'aller te changer pour le bal !

Elle a raison : puisque le plan des sorcières a échoué, autant profiter de la fête !

De retour dans ma chambre, je m'apprête à retirer mon top

pour enfiler ma robe, quand soudain, la boîte à bijoux de Stella se soulève toute seule de la commode, puis se dirige en flottant vers la porte de la chambre. Hé !... Encore une manœuvre des sorcières, je parie !

Le temps que je réagisse, la boîte volante a pris de la vitesse ! Je cours à sa poursuite, d'abord dans les couloirs puis à l'extérieur du bâtiment.

Je dois absolument la rattraper : elle contient la bague de Stella !

Une fois dans le parc de l'université, la boîte est secouée par une force invisible. Elle s'ouvre et tombe sur le sol. S'en échappe l'écrin en forme de coquillage qui protège la bague. Il s'apprête à continuer seul sa course... Mais je l'attrape au vol avec brio et je le plaque au sol, comme une joueuse de rugby ! Hourra !

Ma joie est de courte durée. Sortant des épais buissons, Icy, Stormy et Darcy me coupent la route. J'étais tellement contente

d'avoir rattrapé la bague que je les avais presque oubliées ! Je me doutais pourtant qu'elles n'étaient pas loin... Résultat : me voici à nouveau seule, sans mes amies, face à ces trois sorcières cruelles et beaucoup plus puissantes que moi !

## Chapitre 7

# Une incroyable métamorphose

Elles m'entourent, sûres d'elles, bien déterminées à récupérer la bague de Stella et à se débarrasser de moi. Mes mains tremblent et je lâche l'écrin qui va rouler un peu plus loin.

La plus grande, celle qui paraît

leur chef (Icy, je crois), s'avance la première. Elle lance un sort en direction du sol : une faille apparaît, qui bientôt m'entoure. Juste avant d'être entraînée dans le gouffre qui s'est formé, je réussis à sauter à l'extérieur.

Mais ce n'est que partie remise, car l'autre sorcière provoque sous mes pieds un mini tremblement de terre, tandis que sa sœur lance sur moi une tempête à laquelle je ne peux résister. Projetée au bord du gouffre, je ne me retiens plus à la terre ferme que par une seule main.

Après avoir récupéré l'écrin, Icy s'approche de moi et me nargue :

— Tu fais moins la maligne ! Tes amies ne sont pas là pour t'aider ! Adieu, jolie petite fée !

Elle lève les mains pour lancer

un dernier sortilège... Mais non ! Puisque je suis une fée, je ne peux pas échouer comme ça ! Je suis capable de les vaincre !

La confiance en moi qui m'envahit est une force incroyable. Je suis emportée par elle, sauvée du gouffre et transformée. Des ailes poussent dans mon dos ! Mon corps s'habille d'un costume étincelant ! Il ne s'agit plus d'une force magique secondaire que je possède. Pour la première fois de ma vie, je suis entièrement métamorphosée en fée !

Les sorcières et moi sommes à

égalité ! Enfin... presque. Elles restent trois, et je suis toujours seule. Que font donc mes amies les *Winx* ?

Pourquoi ne viennent-elles pas à mon secours ? Est-ce que la fête les accapare trop ?

Une fois remise de sa surprise, Darcy dirige vers moi ses pouvoirs d'illusion mentale. J'ai la tête qui tourne et tout se trouble autour de moi... Mais... que je suis bête ! Les fées ont le pouvoir de voler ! Je m'élance... Si haut que le maléfice de Darcy ne peut plus m'atteindre. Celle-ci est furieuse. Bien fait pour elle !

Icy prend la relève. Ses cristaux de glace poussent sans limite vers le ciel et réussissent à m'emprisonner puis à m'entraîner ! Je tombe. Bientôt un iceberg m'enferme : l'arme préférée d'Icy, on

dirait. Je sens le froid polaire m'envahir et pénétrer loin dans mes veines...

Chapitre 8

# Le bal, enfin !

De toute ma nouvelle puissance de fée, je résiste à ce froid terrible. Au point de faire fondre suffisamment de glace autour de moi pour me faufiler à l'extérieur de l'iceberg.

Quand mes amies accourent

enfin sur le lieu de la bataille, les sorcières ont disparu. Avec la bague, hélas. Mais j'ai réussi à me sauver toute seule d'un froid mortel et je suis émerveillée du développement de mes pouvoirs.

Mes amies semblent encore affolées à mon sujet mais, dans ce cas, pourquoi ne sont-elles pas venues plus tôt à mon secours ?

Elles m'expliquent que la directrice avait l'œil sur elles et qu'elles n'ont pas réussi à s'éclipser pendant la remise des cadeaux aux garçons de la Fontaine Rouge.

D'après elles, j'ai pris d'énormes risques. Mais je n'avais pas le choix ! J'ai fait de mon mieux pour empêcher les sorcières de récupérer la bague de Stella. Sur ce point, j'ai échoué, malheureusement.

— Bloom, ne t'inquiète pas pour la bague, dit Flora. Elle se trouve en lieu sûr.

Elle me raconte qu'elle vient de procéder à un échange magique à l'intérieur de l'écrin, entre la bague et l'un des œufs... un tout petit peu transformé... ! En ce moment, Icy doit découvrir son contenu : un hideux canard mauve qui va la suivre partout en l'appelant « Maman » et en se jetant à son cou à tout moment ! J'éclate de rire, en imaginant la tête d'Icy.

Bon, il est quand même temps

que j'enfile ma robe et que je participe au moins à ce fameux bal, à défaut d'avoir assisté à la cérémonie d'échange des cadeaux.

Un peu plus tard, je m'avance enfin dans la grande

salle, intimidée, vêtue de la robe bleue, raccourcie et agrémentée de rubans.

Son tissu léger donne de la grâce à mes pas, sa couleur met en valeur mes yeux ainsi que ma chevelure rousse. Des murmures approbateurs saluent mon entrée ; même la directrice semble impressionnée. Flora m'accueille avec chaleur.

— Bloom, tu es magnifique ! Belle comme un cœur...

Je trouve qu'elle-même est tellement gracieuse et fraîche avec sa coiffure fleurie et ses épaules nues ! Mais c'est moi qui attire l'œil de Brandon, le grand garçon blond au sourire doux, parce qu'il m'invite aussitôt à danser. Je pose une main sur son épaule, l'autre dans sa main et nous entamons quelques pas de valse...

— Tu ne t'enfuiras pas, cette fois ? demande Brandon, avec une pincée d'inquiétude.

Je lui souris, heureuse :

— Non, je te le promets.

Il y a un temps pour tout dans la vie : un temps pour courir après les plus cruelles des sorcières, et un temps pour valser dans les bras du plus charmant des garçons...

Mon bonheur est d'autant plus fort que, pour la première fois de ma vie, j'ai senti des ailes pousser dans mon dos et mon corps s'habiller d'un costume étincelant. J'ai réussi à voler et à résister aux maléfices des sorcières. Quel pas de géant dans la maîtrise de mes pouvoirs ! Dorénavant, je ne douterai plus de mon identité de fée !

Pour tout savoir sur ta série préférée,
inscris-toi vite à la newsletter du site :
www.bibliotheque-rose.com

# Table

hachette s'engage pour l'environnement en réduisant l'empreinte carbone de ses livres. Celle de cet exemplaire est de :
400g éq. $CO_2$
Rendez-vous sur www.hachette-durable.fr

PAPIER À BASE DE FIBRES CERTIFIÉES

Photogravure Nord Compo - Villeneuve-d'Ascq
Imprimé en Roumanie par Rotolito Romania
Dépôt légal : janvier 2021
Achevé d'imprimer : décembre 2020
21.6555-9/01 – ISBN 978-2-01-714555-4
*Loi n° 49956 du 16 juillet 1949*
*sur les publications destinées à la jeunesse*